고귀한 삶

고귀한 삶

발행일 2026년 2월 27일

지은이 이나윤
펴낸이 손형국
펴낸곳 (주)북랩

출판등록 2004. 12. 1(제2012-000051호)
주소 서울특별시 금천구 가산디지털 1로 168, 우림라이온스밸리 B동 B111호, B113~115호
홈페이지 www.book.co.kr
전화번호 (02)2026-5777 팩스 (02)3159-9637

ISBN 979-11-7598-129-4 03810(종이책) 979-11-7598-130-0 05810 (전자책)

작가 연락처 문의 ▸ ask.book.co.kr

전용 게시판에 문의를 남기시면 저자에게 직접 전달됩니다.

(주)북랩 성공출판의 파트너

북랩 홈페이지와 SNS에서 다양한 출판 솔루션을 만나 보세요!

홈페이지 book.co.kr • **블로그** blog.naver.com/essaybook • **출판문의** text@book.co.kr

카톡채널 북랩

이나윤 시집

고귀한 삶

북랩

책을 내며

마지막 글을 마무리하고,
더는 글이 써지지 않았습니다.
쓰고 싶은 마음도…. 사라졌습니다.

자기 자신과의 대화.
또는 내면의 침묵은 거짓을 말하지 않습니다.

글을 써 내려간 이유가 있을까요.

제게 영감을 주었던 침묵 속의 이야기들은 막힘없이 글을 써 내려
가게 했습니다.

그뿐입니다.

그리고
써 내려간 글대로 삶을 살아갈 것을 스스로에게 약속했습니다.

내면의 힘.

그것은 아주 놀랍지만 누구에게나 주어진 힘이라는 것을…그저
전하고 싶었을까요?

아무것도 아닌 글.
그러나 누군가에게는 강력한 메시지로 남을 것입니다.

고귀한 삶

1

비밀이 되어버렸어요.

아무리 이야기해도
알려고 하지 않아요.

쉿!

비밀이 아닌 것이
비밀이 되어버렸네요.

2

소리….
그 말 없는 소리로 너를 위로한다.
너의 실의에 찬 얼굴
너의 떨리는 손
반복되는 아픔으로 마치 세상에 혼자 덩그러니 남겨진 듯하여
무서운 세상이 돼버린 지금

너의 지독한 아픔과 슬픔에 눈물을 흘리지 않으련다.
멀리 떨어진 곳에서 이 시간을 보내고 있을 너에게
나의 가슴에서 너의 가슴으로 연결된 소리를 진동으로 연결해 너
를 위로하고 안아주리라.

들리는가….
들리지 않는 이 강력한 소리가 들리는가.
자신을 아직 사랑하는 법을 몰라
두렵고, 겁나고, 걱정스러운 삶을 살고 있는 너를 내 어찌 나 몰
라 할 수 있을까.

사랑한다. 사랑한다.

너를 사랑한다.

그 어떤 사랑보다 너의 연인과 가족과 친구들의 사랑에 아직 굶주린 자여.

시간이 조금씩 흘러 너를 사랑하는 순간이 오면 온 우주의 진동과 소리가 들려 너는 두려움이 사라진 인생을 살게 될 것이다.

너를 위한 나의 기도는 시작되었기에….

소리 없는 이 강력한 소리의 기도는 이루어진 것에 진배없다.

너를 사랑한 준비를 어서 하기를….

3

나에게 말은
한계여서 표현의 자유와 진실됨을 빼앗고,

나에게 글은
표현하고 싶은 내면의 언어를 표현하게 해주는 도구이며,

나에게 침묵은
그와 나를 하나로 연결해 주는 통로와도 같은 것이다.

4

여린 꽃
생명을 가진 존재로 사랑을 받고 싶은 마음
누구든 결핍된 사랑

움츠린 놀란 가슴 눈빛으로 말하고
돌아선 등 뒤의 서글픔이… 쓸쓸함이… 느껴져
다시 나의 품으로 인도하여 쉬게 해 주고 싶은 사랑이 피어나 사랑
만 남고

나는 돌아서 홀로인 자리로 돌아가
스스로 축복을 내리고 쉼 안으로 들어가 사랑을 채운다.

5

길이 사라지고

내가 가는 길에 길이 나고
내가 일하는 곳에 풍요와 번영이 따르고
내가 쉬는 곳이 쉼터이며
내가 잠드는 곳이 온전한 휴식처

그러니

나를 버리고 너를 택하여 사는 날은
길을 찾아 헤매며
가난해지고
쉼 없이 잠 못 드는 나날을 보내게 될 터.

6

누군가에겐 이기적으로 보일 수 있겠네요.
누군가에겐 이타적으로 보일 수 있겠고요.

누군가에겐 자기밖에 모르는 사람으로 보일 수 있고,
누군가에겐 도대체 무엇을 원하는지 모르는 사람으로 보이겠네요.

누군가는 "자아가 너무 강한 거 아니야?"라고 말할 테고,
누군가는 "자아가 너무 없는 거 아니야?"라고 말하겠군요.

알다가도 모를 사람이 되어 자유롭게 살아가는 저를 보며
이러쿵저러쿵 말이 많겠네요.

7

에고가 들어간 자리.
그곳엔 언제나 논쟁이 일어나고
대화가 끊기며
불편한 공기가 흐르고
따져 물어 누군가에게 반드시 상처를 남긴다.

에고가 사라진 자리.
그곳엔 논쟁이 일어나지 않고
대화가 이어지며
편안한 공기가 흐르고
아무것도 따져 묻지 않아 누구에게도 상처를 남기지 않는다.

8

사랑하고 용서하고 배려하지 않을 이유가 없고,
삶의 모든 상황에 직면하지 않을 이유가 없고,
누리고 즐기고 나누지 않을 이유가 없고,
애착을 가지고 집착할 이유가 없어졌다.

가져야 할 이유가 없고,
시기하고 질투해야 할 이유가 없고,
분노하고 자책할 이유가 없고,
걱정하고 두려워할 이유가 없어졌다.

모든 이유가 사라졌는데….
모든 게 그 자리에 있어
처음부터 모든 것은 나의 것이었다.

9

사람들은 나의 말을 들으려고 하지 않고, 알려고도 하지 않아.

(사실 말을 하지도 않았지)

나는 지극히 평범하고 평범해서 설마…. 라는 말조차 안 나오거든.

누군가처럼 산속에서 수련하지도 않았고,

지식이 꽉 채워져 있지도 않아.

불우한 환경에서 태어나 겪어야 할 수많은 일을 겪으면서 뭐 그냥
그렇게 산 듯하지.

지금도 여기 있잖아.

여기서 일을 하고, 돈도 벌고, 성장하는 아이들을 보면서 흡족해
도 했다가 힘에 부치기도 했다가…. 그렇게 살면서 여기 있잖아.

그러면서 함께 사는 거지.
여기에 있다가 저리로 갈지도 몰라.
그렇게 함께 있는 거지.

평범한 삶을 살고 있어.
하지만⋯!

어두운 듯한 내 안에 가득 들어찬 빛과 같은 사랑이 어마어마하여
지금 여기의 평범함이 결코! 평범하지 않아.

10

과거의 오랜 인연으로 여기까지 오게 된 그대들이여
우리들의 인연이 다해 여기까지임을 알고 떠나는 나를 향해 손을
뻗지 마시오.
손이 닿지 않는 곳으로 나는 이미 출발하였다오.

고맙고, 감사했던 만남이었오.
미련 없이 떠난다오.
마지막 인사를 나누며 잘 지내라고 인사를 건넸다오.
남은 인생도 나와 함께했던 시간처럼 새로운 사람들과 이런저런
추억을 만들어 가시게나….

나의 오랜 인연이었던 그대들이여….

이제부터 나와 함께 할 그대들이여
그대들에게 갈 준비가 끝나 출발해 가고 있소.
어디서 무얼 하다 우리 만나게 된 건지 천천히 이야기를 나눠 봅시다.

11

저기요

당신들은 왜 이리도 이렇게 저렇게 살라며 말이 많은가요.
이때다 싶어 마구 예를 들고, 들쑤시고, 외면하며
당신들은 마치 삶의 승리자처럼 이야기를 부풀리고 나서 왜 당신
들의 결핍은 숨기는 건가요.

당신들이 말하는 조언은 비난
그 이상도 그 이하도 아닙니다.

정말 모르는 건가요?

너를 위한 거라 말하는 그 이면에 있는 자신 안의 근거를 찾아본
적이 있나요?

도대체 어떻게 사는 게 정답입니까?
당신의 삶이 정답입니까?

저기요….
제발 말해주세요.

12

마음이 이리 변덕스러워요.
그 변덕에 웃음이 나오기도 하고,
눈물이 나오려 하기도 하네요.

지켜보고 있으니
이놈이 글쎄,
더 변덕을 부리며 오르락내리락하며 술래잡기하듯이 요리조리 잘
도 피해 다니는군요.

......

마음아
앉아!
고요히 앉아서 나의 감정을 건드리는 놀이를 멈추고
나의 말을 들어라.

앉아 있어
이리와 내 옆에 앉아!
사랑이 아닌 곳으로 가서 방황케 하지 말고 앉아라….
내가 움직이라고 하는 그곳으로만 가거라.

너는 나의 감정의 유일한 가해자
감정을 통해 나를 교란시키는 마녀

마음아….
내가 너를 고용하여 먹이를 줄 터이니
나를 흔드는 것을 멈추고, 나의 말을 들어라.
그때까지 너는 숨만 쉬거라.

조용히 네가 쉴 수 있는 유일한 공간.
호흡의 먹이를 줄 터이니 너는 숨 안으로 들어가
내가 부를 때까지 돌아다니지 말라.

13

춤을 추듯 부드럽게
빛보다 빠른 찰나의 순간
고요히 그 자리에 머물러 있고

공간과 바람의 속성을 가지고 있지만
속성에 속하여 있지 않아
결코 감각으로 느끼지 못하여….
오히려 모든 감각을 깨우고,
그 감각을 제어하여 내버려두는 것에서부터 알게 되는 그것

스치다 머무는 것
그렇게 어렴풋이 알다가
하나가 되는 것

14

이것은 스스로 해결해야 할 문제이지 당신이 해결해 줄 수 있는 것들이 아닙니다.

내 안에서 일어나고 있는 전쟁과도 같은 이 불편한 치열함들은 오만함. 이기심. 약한 마음. 두려움. 무지에서 오는 문제들이라서 당신에게는 아무런 문제가 없습니다.

이러한 문제들이 생길 때면 저는 직면합니다.

정면으로 맞서서 물러날 때까지 일어난 모든 감정이 어디서부터 온 것인지 들여다보고 또 들여다보며 어떠한 문젯거리가 되지 않는 그 시점까지 데리고 가서 놓아버립니다.

오만함. 이기심. 약한 마음. 두려움. 무지
직면하면…
그것들과 함께 모든 문제가 사라지고
나와 당신은 그대로 있어야 할 곳에 있게 되어집니다.

15

처음처럼도 아니고, 그때처럼도 아니야.
초심으로 갈 수 없고, 기억이 잘 나지도 않아.

그렇게 시간이 가고, 세월은 흘렀어.
변했지.
달라졌지.

알고 있었어.
처음 시작이 일어난 그 시점부터 알고 있었지.
그 시작이 우리의 시간의 흐름 중에 하나의 흐름이었다는 것도…

그랬잖아.
다 받아들이겠다고…
다 받아들이고 흘러보내겠다고.

그렇지만,

변하지 않고, 달라지지 않은 것 하나가 있어.

내가 네게 한 약속!

그 약속은 세상이 무너지는 어떤 날이 와도 지켜질 것이며,

이미 지켜진 채로 있지.

나의 진심을 믿는다면 말이야.

16

하고 싶은 거 다 해
어떤 목적을 가지고 이기적인 마음으로 소유하려 들면서 스트레스
받지 말고,
하고 싶은 거 다 해

필요한 것이 있다면 채워줄게.
순수하게 세상을 살면서 결과에 집착하지 않고⋯.
하고 싶은 게 있다면 어떤 것이라도 해도 좋아.

하고 싶은 것이 있으면 다해.
걱정하지 말아.
너의 순수함은 물들지 않아.
즐겨
모든 것을 즐겨
여기 있는 모든 것은 너를 위한 것이야.
결과는 나에게 맡기고 너는 순수하게 하고 싶은 모든 것을 해.

다~ 하고
내게 오렴.

17

그냥 하는 건 어떨까요?

밥을 먹고, 집 밖을 나와 산책을 하고, 운전도 하고, 약속을 정해
바삐 움직이기도 하는 것을요.
책을 읽고, 공부하고, 청소도 하고, 주어진 업무를 마치고 하루를
마감하는 일.
여행도 가겠죠?
친구들도 만날 테고요?

그냥 하면 어떨까요?

기대나 바람으로, 이익이나 이득을 남기기 위한 것들은 모두가 자신의 보이지 않는 것들을 채우기 위한 위선된 마음에서부터 나온 것들이에요.

그냥 하지 않으면….

자신을 해하거나, 타인을 해하게 돼버리는 걸 알고 계시나요?

사랑을 하세요.

사랑을 주거나 받으려 하지 말고,

그냥 하면 어떨까요?

조금씩 천하무적이 되는 자신을 발견하게 될 거예요.

18

감사함은….
나의 참모습에
내가 전하는 마음

19

오해할 것 같습니다.
그럴 만도 하지요.

그 오해를 풀어야 할 마음을 가지지 않아요.

어떤 변화가 당신의 등장과 지식으로 이루어진 거라 생각해도 좋
습니다.
그 조금의 공이라도 가져가고 싶다면 가져가세요.
반응 없는 저에게 손가락질해도 저는 할 말이 없어요.
당신을 원망하거나 설득해 내 편으로 만들고자 하는 마음이 없어요.

오해하겠지만…
시간 지나면 우리는 별것 아닌 거로 시시비비를 가리지 않으며 함
께 차를 마시는 날이 올 거예요.
이 부분만큼은 의심할 여지가 없습니다.

미소가 지어지는 이유는 따로 있습니다.

20

어느 날
그대와 하나임을 깨달아 존재 자체로 존재하고 있었던 그 순간.
세상은 온통 빛으로 물들다가…:
폭풍 치는 날들이 연속해 찾아오고,
나의 모든 과거로부터의 습관과 인연들을 몰아내고, 벌판 위에 덩
그러니 서게 할 그대여.

홀로 벌판 위에 설 날이 머지않았고.

그대의 세상으로 나를 초대해 나의 세상을 그대의 세상으로 하나
씩 물들이고 가득 채우며, 그대의 세상을 살게 할 그대여.

이제

그 뜻을 받들어 그대에게 나의 과거와 현재와 미래를 바치며 살날들만 남았습니다.

몰아치는 폭풍에 날아가는 나의 에고여….
너를 구원해 주리라.

세상을 살기 위해 필요한 만큼의 에고만 남고,
나의 에고는 곧 폭풍과 함께 모두 휩쓸려 갈 터이고,
남아있는 그 조금의 에고와 그대의 손을 잡고, 그대의 것으로 채우게 될 시간이 왔음을….

21

세상은 복잡하지 않아.
하나의 흐름으로 가고 있지.
단지 생각이 복잡하고 시끄러워서 세상도 그런 것처럼 느낄 뿐이야.

현실과 이상이라고 부르는 것도 하나야.
현실을 살고 이상을 추구하는 욕구가 생기는 것도 그래서 당연한
거고,

분리해서 생각하지 마.
나타났던 것들은 곧 어디론가 가버리고
무언가가 또 나타나 삶을 살아가게 해.

가만히 있어봐…. 하나로 집중해 봐.

현실이 이상이고, 이상이 현실이야.

22

조용히 배려를 합니다.
편안히 배려를 합니다.

뭔지 모를 감사함이 일어났을까요?

그것으로 충분합니다.

23

껍질로 둘러싸여 있는 내 모습이 보여지고 느껴졌습니다.
그 껍질로 표현되는 당신의 창조적인 아름다운 힘을 알게 되어버
렸어요.

경계가 되는 껍질이 여전히 여기 있지만,
흐르고 보이지 않는 움직임의 속성으로 그 껍질 사이를 오고 가는
그것을 느꼈습니다.

그대는 정말 위대합니다.
제가 그대임을 이런 방식으로 또 알게 하다니…
그 껍질 사이를 오고 가는 고요함이
놀랍고 경이롭습니다.

24

사랑하는 연인아.
나의 이기심으로 가려진 사랑을 찾아 떠나 그 종착역에서 우리 만
날 수 있을까.

사랑하는 연인아.
나는 생각한다.
그대와 함께 사랑을 완성하는 미래를 생각한다.
이기심을 걷어내 한 곳을 바라보며 세상을 함께하는 그대와 나의
모습을 상상하며,
찾아오는 의심, 목마름, 외로움, 쓸쓸함 중에 당신과 나의 관계에
들어오는 것들이 있을 때면 미완성의 사랑으로 그날을 마무리하고
나는 또 생각하며 다음날을 기약한다.

어쩌면 우리.

다른 종착역에서 내려 서로를 그리워할지도 모르지만, 나의 기대나 바람보다 지금 미완성의 사랑으로 남을지라도 완전한 사랑을 향해 가는 인생길에 당신의 존재는 함께하는 사랑의 완성을 꿈꾸게 해 주는 유일한 사람임이 분명하다.

사랑하는 연인아.

그대는 나의 내면의 세계에 들어와 닫고 있었던 마음의 문을 두들겼고, 그 문을 나는 한치의 머뭇거림도 없이 열었다.

열린 문은 닫을 이유를 찾지 못해, 온 세상을 향해 열리게 되었고, 당신이 다시 문을 닫고 내면의 세계에서 나가지 않는 한 우리는 마지막 종착역에서 손을 잡고 하나가 되리란 약속을 한다.

사랑하는 연인이 아닌 사랑으로 하나가 되리란 약속….

25

갈 곳 없이 방황하는 영혼의 주인이시여.
방황하는 영혼을 인도하는 바람길의 주인이시여.

오늘,
저의 영혼을 달래여 당신에게 머물게 하고…
발걸음을 옮기며,
당신의 손길이 나의 손 길이 되어 하루를 살아가게 하소서.

26

당신의 세상은 어떤 세상일까요?
이떤 생각으로 자신만의 세계를 만들어 놓았을까요?

들어가 보겠습니다.
당신의 가족과 마을과 세상으로…

보여주고 싶은 당신이 느껴집니다.
천천히 보여주서도 됩니다.

27

내 아픔으로 가려진 그들의 아픔이 보이질 않았습니다.
내 슬픔으로 가려진 그들의 슬픔이 보이질 않았습니다.
내 결핍으로 가려진 그들의 결핍이 보이질 않았습니다.

한때…
나는 자만하여 그들을 나무랐고,
한때…
나는 죄책감에 그들을 내게 죄책감에 빠지게 만든 사람이라며
핑계의 대상으로 여겼고,
한때…
나는 그들을 원망하는 시간으로 세월을 보내기도 했습니다.

시간은 흐르고 흘러
나의 아픔과 슬픔과 결핍은 스스로 물러나 먼발치서 기회를 노리
고 있습니다.

그리고,

그들의 아픔과 슬픔과 결핍이 보이기는 하나,
보여진 것 외에 그 어떤 것도 없다는 것 또한 깨닫게 되었습니다.

나는 한때.
어둠이 사라지고 빛이 비추어지면 대단한 능력자가 되리란 착각도
했었습니다.

그러나,

빛은 그저 빛날 뿐.
그 어떤 것도 하지 않습니다.
그 빛을 받는 자가 스스로 변할 뿐.

빛은 그저 사방에서 빛을 비추기만 할 뿐입니다.
빛을 받는 자는 변화의 길로 접어들고,
변화하여 스스로 빛이 되어 하염없이 빛을 뿜어내며 살아가게 됩
니다.

아무것도 하지 않아도 되는 겁니다.

빛의 길은 그렇습니다.

28

자신을 위한 행위입니까, 그들을 위한 행위입니까?
자신을 위한 감정입니까, 그들을 위한 감정입니까?
자신을 위해 살아갑니까, 그들을 위해 살아갑니까?

무엇을 위한 삶을 살아가고 있습니까…
무엇을 위하지 않는 것들에 대해 생각해 본 적이 있습니까?

무엇을 진심으로 위한다면 그곳엔 그 어떤 바람도 있어서는 아니
되며 그 위하는 마음으로 그저 행하기만을 해야 합니다.

무엇을 위한다면
위하는 마음마저 버려야만 진정으로 위할 수 있습니다.

29

단순하고, 순수하게 살아가는 삶.

복잡함으로 들어가는 순간
아무것도 정확히 볼 수가 없다.

자신의 생각만 늘어나고,
복잡하게 꼬이고 꼬여 마치 이 세상에서 4차원으로 특별한 의식을
기지고 사는 것처럼 말하여도, 끝내 홀로 있는 시간이 너무도 괴로
워….
그 복잡한 길로 다시 들어가 헤매다, 마주하는 모든 것에 군더더
기를 붙이면서 온갖 편견으로 삶을 살아가게 된다.

단순하고, 순수하면 물들지 않는다.
물들까 봐 겁난다는 마음의 불순함이 아닌 이상 순수함은 영원하다.

30

상처가 되기 전 흘러보냈어요.

밀려들어 오는 불편한 진동들이 가슴과 머리를 뒤흔들어 심장 소리가 너무도 선명히 요동을 치며 아픔으로 가버리려 하여….

눈을 뜨고, 마주한 그 자리에서
호흡의 리듬이 잔잔해질 때까지….
심장 박동 소리가 고요해질 때까지….

에고가 올라와 분노나 아픔이나 울컥거림으로 가는 그 불편함을 흘러보내는 시간이 그리 오래 걸리지 않았고, 돌아와 평온함을 유지하며 스스로 에고를 달래며 함께하는 시간을 보냈어요.

상처가 되지 않았어요.
미움으로 가지도 않았어요.

선택합니다.
내가 아닌 당신을요.

31

그대들이 생각하는 나는 내가 아니라오.

함께 웃음꽃을 피우고, 삶의 무게를 이야기하며, 필요한 정보들을
나누다 집으로 돌아가는 길에 얼마나 많은 생각들이 오고 가겠소.

쓸쓸하다고, 외롭다고….
또 애써 외면하며 잘 버틴다고…. 그대들이 고백하지 않았소.

이상하게 보지 마시오.
내 그대들과 함께 삶을 살아가고 있으나 그대들이 생각하는 나는
내가 아니라오.
집으로 돌아와 홀로 있는 시간에 나는 들어간다오.
오늘 내게 조금이라도 쌓인 흙먼지를 털어내려 들어가고,
내일 누군가에게 무언가가 남겨질 수도 있는 에고에서의 출발로
나온 언어가 조금씩 사라지길 바라며 들어간다오.

비어 있는 공간으로 들어가 가득 채워 공간이 사라진 그 상태로
있다가
우린 또 만나게 될 거요.
삶을 살아가는 나만의 방법이라오.

오고 가며 살고 있소.

32

어디를 가든 나는 목적이 분명하여
자리한 곳에서 타인처럼 함께하다가 목적을 이루고 집으로 돌아
온다.
사람을 얻기 위하지 않아 외톨이처럼 보여도 나는 외톨이의 모습
을 스스로 만들어 그들과 함께하기에 외톨이가 아니다.

침묵을 선택하고,
최소한의 언어를 선택하고,
미소를 선택하며,
누구의 편에 서서 가르기를 하지 않는 선택을 한다.

불분명해 보이는 내 모습은 아주 분명하고, 명확한 자리에 있다.

밤하늘을 바라보며 날려버린 쓸쓸함이 고독으로 남아 감사한 마
음이 오히려 흘러넘쳤다.

어디를 가든 홀로여서 나는 행복하다.

33

가면을 쓰지 않았는데
내 앞에 있는 당신이 가면을 씌워주며 그 역할을 하며, 자신을 대하라고 하는군요.

네…!
쓸게요.
당신이 씌워준 가면을 쓰고,
그 모습으로 잠시 있겠습니다.
집에 가서 벗어버리면 되죠.

내게 가면을 씌우지 않고, 당신께 가면을 씌우지 않는 만남을 가질 수 있다면 우린 서로를 한눈에 알아보겠죠.

그런 만남이 일어날 수 있을까요?

당신께 가면을 씌우지 않고,
또 스스로 씌운 가면 너머의 당신을 보고 싶은 마음이 언제나 있습니다.

34

훗날의 내게 한 약속의 징표.
씨앗!
씨앗에서 새싹이 밖으로 나오기 시작한다.
뿌리를 하늘에 깊게 내리고 자라나는 나무는 거꾸로 보이는 듯하
겠지.

땅으로 자라나는 나무.

반평생 살아야 하는 이유만을 찾아 헤매이면서도 성실하게 삶을
살았다.
그 이유가 이제 명백히 드러나 나의 나무는 땅으로 자라난다.
뒤집어 다시 씨앗을 심었고, 하늘로 뿌리를 내렸다.

자라나는 나무야.
뿌리는 역으로 깊게 중력을 거슬러 올라가고 있으니, 모든 열매가
하늘의 영양분을 흡수해 얼마나 아름다운 모습으로 열리게 될까.

새싹이 파릇파릇 어여쁘다.

35

나의 의견과 생각은 사라졌습니다.
당신의 생각은 어떠냐고 묻지 말아 주세요.

비밀 같은 이야기들을 들려줄 수도,
알려줄 수도 없어 당신의 눈망울만 바라볼 뿐입니다.

그리고, 미소만 남습니다.

진정으로 알고 싶다면…
나의 말을 듣지 말고, 나의 미소를 보아주세요.

36

그대를 만나기 위해 스스로 들어가 그대로 가득 채우기 위해 앉았
습니다.
피곤하고, 에너지가 소비되어 마음이 지치고, 생각이 많아져 혼란
으로 가버리기 전.
혼자인 시간을 마련하고, 그대에게로 들어가 때로 눈물을 흘리며
마주합니다.
나의 가여운 에고가 그대를 애타게 찾으며 방황하지 않도록 어루
만집니다.

여기 있다고…

사랑하는 이여…
슬피 울고 싶으면 울어라.
너를 가만히 놔두지 않는 카르마로 인해 생기는 고달픔을 전부 나
에게 쏟아 없애고, 나의 품 안으로 들어와 곤히 잠들 거라.

어여쁜 나의 진정한 사람아.

너는 나의 사람이 되었다.

삶을 살아가고 있는 사랑하는 나의 사람아.

나에게 너를 던져 불태워라.

너의 아름다운 영혼이 슬피 우는 너를 안고 잠재우리니.

그날을 준비하는 너는 나의 사람임이 분명하다.

어여 쉬거라….

내일 너는 나와 함께 또 하루를 살게 되리니.

37

섬세하지도 않고, 예민하지도 않아.
세심하고, 꼼꼼하지도 않아.

거친 것에서 멀고,
둔하고 투박한 것에서도 멀리 떨어져 있지.

음…

미세하고, 미묘하고, 신비롭지.

38

말없이 슬피 우는 자여.
언어를 사용하지 말아라.
너의 그 슬픔을 아는 자는 너를 지켜보고 있으니,
그 어떤 언어로 그것을 알아달라 표현할 것인가…·

거칠고 날카롭게 언어를 사용하는 자여.
그 거침과 날카로움이 너의 가슴을 찌르는구나.

언어를 정확히 사용하기 위해 애쓰는 자여.
겸손함을 가지고 무릎 꿇고 앉아라.
그 언어는 완벽하지도, 완전하지도 않다는 것을 너는 알고 있으리라.

39

내면의 세계에 들어온 것을 환영해.

처음엔 갑자기 어두워져서 겁날지도 몰라.

괜찮아.

너도 알잖아.

조금 있으면 서서히 뭔가가 보이기 시작할 거야.

아마도 시끄럽고 거슬리는 소리가 먼저 들릴지도 몰라.

괜찮아.

그건 네 생각의 소리야.

조잘조잘 마구 늘어놓을 수도 있어.

더 깊은 곳으로 가는 그 무한한 세계로 가는 길목을 가로막는 소리에 민감해질 필요 없어.

너를 그대로 바라보고, 스스로 인정하고, 안아주고… 그러다 보면 더 깊은 문이 열려.

그냥 그곳으로 아주 천천히 가면 돼.

주변에서 일어나는 것들에 매혹되지 마.

그 길로 그냥 서서히 가봐.

내면의 세계와 지금 현실의 세계가 연결된 곳.

그 문을 열고 들어가.

그러면 있잖아….

내면과 외면의 세계가 하나라는 것을 깨닫게 될 거야.
그리고 눈을 떠.
아직도, 지금도, 언제나 하나야.

그 연결된 문은 말이야….
내면에만 있어서 외부에서 찾으려 하면 절대로 못 찾는다는 것만
기억하렴.

40

답을 찾기 위해 책을 읽고, 여기저기 돌아다니지 말아 주세요.

들어봐요….
그냥 그들의 이야기를….
그것으로 모든 걸 수용하게 되면 그냥 저절로 답이 나를 찾아와요.
그리고 다시 읽고,
다시 그들을 만나봐요.

자비로움은 만들어지는 게 아니라 생겨나게 되죠.

41

당신의 욕망을 어찌 비난하겠습니까.
당신의 욕구를 어찌 비난하겠습니까.

미움과 슬픔과 아픔과 걱정 근심거리로…
자신의 상처를 가리고자 하는 그 마음으로 비롯된 수많은 언어와
몸짓이 느껴지는데 어찌 비난할 수 있겠습니까….

저 깊은 내면에서 전하는 메시지는 강력합니다.
그 메시지들은 결코 눈으로 보이고, 귀로 들리고, 말로 전달할 수
없는 것들입니다.

나!
라는 자아는 당신들께 아무것도 느낄 수가 없고, 아무것도 해 줄
수가 없습니다.

허나!

저 깊은 곳

그곳에서 모든 것을 알려줍니다.

당신의 상처와 마음까지도….

이것은 감각으로 느껴지지 않는 마음과 지성과 지복을 넘어선 앎.

자체입니다.

사랑하지 않을 수 없습니다.

비난할 수가 없습니다.

혹시,

제가 당신들을 비난하고 사랑하지 않는 자리에 있다면 알려주세요.

그 자리에서 바로,

사랑과 비난이 아닌 자리로 들어가겠습니다.

42

남녀로 갈라놓은 아픈 사랑이 하나가 되기를 꿈꾸는 여인이 있었어.
만나고 헤어지고, 만나고 헤어지고….
사랑은 늘 아픔이었지.
왜… 사랑은 아픔이어야 하나.
남녀는 진정한 사랑을 할 수 없는 걸까….

사랑을 하고 싶었지.
연애하고, 소유하고, 집착하고, 성욕의 대상으로 가는 그 만남은
언제나 끝은 사랑이 아닌 것으로 남아… 떠났어.
그곳에서부터 떠났지.

그 여인은 꿈을 꾸지.
사랑을….
남녀로 갈라놓은 사랑을 원래 하나였던 사랑으로 함께 갈 누군가
가 있을 거라는 것을 꿈꾸며 살지.

아닌 곳에서는… 아프지만 늘 떠났어.

그렇게 사랑이기를 바라는 마음으로 함께 하다가 그녀는 깨달았지.
그녀가 떠난 것이 아니라… 그들이 그녀를 떠나보냈다는 것을.
하지만, 그 여인은 알고 있지.
여인이 꾸는 그 꿈은 언젠가는 현실이 될 거라는 것을….

43

당신이 하는 사랑이지 제가 하는 사랑입니까?
미련한 저의 사랑놀음을 내려놓게 하고서.

44

함부로 대할 수 없는 몸과 마음이여
소중히 여겨 함부로 대하지 말라.

몸과 마음이여
움직여라.
그것의 진동으로 반응하여 움직여라.

거친 것에서 미세하고, 미묘하고….
저 깊은 곳의 고요함에서부터 퍼지고 스머드는 진동으로….
몸이여 마음이여
움직여라.

감각도 아닌
이성도 아닌
지성도 아닌

그것의 진동과 진동이 아닌 그것으로

……

움직여라.

몸이여 마음이여

스스로 함부로 대하지 말라.

45

저에게 제대로 정확히 이야기하라며 제 말을 수정하면서 제 생각과 다른 것으로 제 생각을 그들의 언어로 만들어 버렸어요.
저는 그게 아니라….
라고, 말하는 것 말고, 딱히 다른 말을 찾지 못했습니다.

찾지 않으려고요….
찾지 않아도 되더라고요….

언어의 장벽에 가려진 자신의 언어를 밖으로 창조해 내는 방법은 너무도 많아요.
그것을 찾게 되면 언어에 갇히지 않게 되며 설명하지 않아도 되더라고요.

나를 알아달라고 할 이유가 없어요.

그들이 못 알아들을 수 있거든요.

그래서 수정하잖아요.

그들의 언어로… 분석하면서 말이죠.

속지 마세요.

그들이 만들어 놓은 장벽 안에 갇힐 수 있답니다.

46

남기고 떠나기로 했습니다.
글로 남겨진 이야기들은 발 없이 멀리멀리
어디로 가는지도 모르게 가고 있을 것입니다.

보이지 않는 것들이 나를 인도하듯이….

보여지는 모든 결과물들을
보이지 않는 그것이 만들어 낸 창조물로 남기게 하면서
남은 인생을 살다가….

모두
내려놓고 가겠습니다.

47

독존해 있는 자는
우뚝 서서 바라본다.

고개를 숙이고
겸손해 있는 자여야 하는 사람아.
너는 나에게 겸손히 무릎을 꿇어야 하며,
세상에 굴복해야 할 이유는 없다.

나에게 굴복해 무릎을 꿇는 자는
홀로 독존하여 겸손해야 할 이유조차 사라진다.

48

원래 있던 자리로 돌아갈까 해요.
이미…
몇 차례 진통을 겪으며 거스르는 내 모습을 안쓰럽게 바라보고 있었어요.

시간이 지나야 한다는 것도.

진통의 시간이 막바지에 들어섰습니다.
원래 있던 곳은 언제나 거기 있었고, 늘 평화로웠어요.

약을 먹지 않아도 되는 곳이죠.

그곳으로 돌아가서 당신을 부를게요.
나의 목소리가 당신의 귀에 들린다면 천천히 그곳으로 오길 바래요.

원래 있던 곳으로 먼저 가 있겠습니다.

49

이 세상과 진정한 자유를 선물하리라.

그 수많은 화살을 맞고도 스스로 그 화살을 빼내고,
상처가 곪아 썩어 들어가도
상대를 향해 단 한 번도 다시 쏘아 올리지 않고,
오직 나를 찾아 헤매인 너에게 치유의 시간을 주었다.

치유된 너에게 또다시 화살이 날아와도
그 화살은 이제 너의 몸을 지나 마음을 지나 나에게로 날아올 것
이다.

나의 처음이자 마지막 선물이니라.

50

빛에 대한 오해가 있더군요.
빛은 비추는 것입니다.
바라보면서 추종하게 되면 눈이 멀고,
정말 봐야 할 것을 못 보게 돼버려요.

눈먼 자가 되어 빛을 가장한 사기꾼의 목소리를 쫓아
한동안 진실을 보지 못한 채… (아니 평생일 수도 있겠네요.)
살아가게 되죠.

빛이 주는 많은 자양분을 받고
삶에서 잘 활용해 보세요.
빛나는 사람이 되어있을 거예요.

51

저의 진심은 침묵입니다.
저의 진심은 눈빛에서 나오고,
손길에 묻어납니다.
저의 진심은 분위기에서 느껴지고,
언어가 아닌 말투에서 느껴집니다.

저의 진심을 저는 압니다.
그래서 당신의 진심도 알고 있습니다.

당신의 침묵과 눈빛과 손길.
분위기… 말투를 그대로 느끼기 때문입니다.

52

아는 것은 단 하나.
안다는 것은 그 하나의 모든 것.

모르는 것 투성이.
궁금한 것. 의심 없는 모르는 것 투성이.

아는 것은 단 하나.
그 안에 써놓은 수많은 이야기를 그저 듣는 것.

감추고 싶고, 들키고 싶지 않은 것들이 무엇인지 알기에
지켜주고 싶은 것.

53

여리고 약한 심성을 가진 그대여.

두려워 말아요.

조바심을 가지고 조급히 굴어 온전한 사랑에 닿기도 전에 무너져
내릴까 불안해 보여요.

나 여기 있고, 그대도 여기 있어요.

무엇을 해야 얻게 되는 사랑이고, 세상입니까.

아무것도 하지 않아도 됩니다.

사랑하는 그대여.

여리고, 고운 그대여.

걱정 말아요.

당신의 그 애절한 눈빛에 담긴 슬픔을 거두어요.

여리고, 고운 그대여.

그대의 눈빛이 아무리 날카로워도, 여리고 고운 그대는 들통이 났고,

아무도 알아주지 않는 세상에서 그 어떤 걸 기대 할까요.

손끝만 대도 상처가 될까 두려운 그대.

그럼에도 불구하고, 불 속으로 뛰어들고 싶은 그대.

그대여…

저는 여기 있으니 걱정 말아요.

저는 생각보다 아주 강한 사람이랍니다.

54

나는 아픔과 슬픔과 기쁨. 일어나는 현상에 매달리는 사람.
당신은 자유롭게 떠다니며 모든 것을 한눈에 보는 보이지 않는 어둠과 같은 태양.

나는 눈물을 흘리다가도 행복에 겨워 하루하루를 살아가는 사람.
당신은 눈물 안에 있고, 행과 불행을 만들어 놓은 마음을 통과하여 흘러가는 자유.

나는 당신을 쫓는 사람.
당신은 나를 품고 있는 어머니의 가슴.

나는 당신.
당신은 나를 포함한 모두.

55

겉으로 드러난 모습이나 당신이 쓰는 언어들….
재산과 직업으로 표출된 당신의 욕망들을 사랑하는 것이 아닙니다.
저의 사랑에 이제 더 이상 눈으로만 보이는 대상이 없습니다.

저에게 당신의 이성과 지성과 에고를 주장하며 당신의 욕망을 한
껏 드러내 사랑해 달라고 하지 마세요.
저는 당신의 진심이 무엇인지 압니다.

저는 당신 안에 있는 욕망 없이 쪼그려 앉아 슬피 우는 자신을 알
아봐 달라는 가여운 어린아이를 사랑할 뿐입니다.

56

일상은 행복이어야 해.

일상의 곳곳이 쉼터이자, 일터이고,
성공한 사람들의 성공이
아무것도 주어진 게 없는 오늘 내게 주어지고,

혼자여도 풍요롭고,
함께할 땐 감사해야 해.

57

나를 통해 얻고자 하는 것들이 무엇입니까?
그것이 나의 의무가 되어 세상을 살아갑니다.
그대들이 더 이상 나에게 바라는 것이 없어지고, 나를 외면하면
나의 에고는 그리도 슬피 눈물을 흘리며 외로움에 사무치고, 고통
의 바다를 건너 그에게 모든 것을 쏟아낼 것입니다.

그들은 내게 어떤 의무를 가지고 다가올까요….

매일 다시 태어나는 육신을 가진 자는 완벽한 평온 속에서는 절대
살아갈 수가 없습니다.
밤이 찾아와 그를 초대하고, 오늘 나의 의무를 행함에 있어 육신이
피곤하여 그에게로 들어가 휴식을 취함을 고합니다.

잘게요….
저를 안아주세요…. 라고.

아침이 밝았습니다.

다시 태어났습니다.

어제 저에게 무슨 일이 있었던가요….

기쁘고 행복했었나요?

상처받고, 외로웠나요?

아프고, 고통스러웠나요?

과거가 돼버린 감정입니다.

눈을 감고 한참을 그대로 있다가 집 밖으로 나갑니다.

58

당신과 만난 적도 없고….
헤어진 적도 없습니다.

당신의 부모인 적도,
당신의 자식인 적도 없습니다.

친구인 적도 없고….
아는 누군가인 적도 없습니다.

59

청소년…

잘했다. 잘하고 있다.
너는 나의 손을 잡고 길을 걸었고,
너는 나의 어깨에 기대어 눈물을 흘렸다.

방 안으로 들어가 한참을 슬피 울다가도 화이트보드에 일주일 동안의 계획표를 세우고, 이른 새벽 스스로 일어나 너의 일상대로 밖으로 나가 비가 오나 눈이 오나 너의 할 일을 하며 그렇게 인생을 살아간다.

스스로…

그러다 힘들면 나의 손을 잡고,
그러다 지치면 나의 어깨에 기대어 눈물을 흘리고,
그러다 못 견디는 날이 찾아오면 노래를 불러라.

스스로….

너의 인생을 사랑하고 응원하는 엄마는 세상이 정해놓은 틀 안에
너를 조금도 가둬두고 싶지 않으니….
언제든, 스스로….
결단을 내리고 그 길로 가고 싶다면….
언제든 가거라….
응원하고, 믿고, 사랑하는 마음으로 쉼터가 되어 여기 늘 있을 것
이다.

잘했다. 잘하고 있다.

60

결국 이렇게 만나게 되었어요.

이곳에서 저곳으로 가는 길에.
저곳에서 이곳으로 오는 길에.
결국 우리는 이렇게 만나
다시 내가 있었던 곳으로 당신은 가고,
당신이 있었던 곳으로 내가 가네요.

어디서 어떻게 살았는지
이름도 모르고 얼굴도 모르는 당신과 내가 합쳐졌다 흩어지고 있
어요.

당신도 알고 있었나요?
아니, 알아져버렸나요?

당신의 시작이 나의 마지막이 되고,
나의 마지막이 당신의 시작이 되는 것도….

가볼까요?
당신의 시작으로?
나의 시작은 당신이 찾은 마지막에서부터입니다.

61

저는
저의 삶을 의심하지 않습니다.
제 삶의 목적은 단 하나이기 때문입니다.

62

그것은 말로 표현할 수 없습니다.
그것은 글로 표현할 수 없습니다.
그것은 신이라 말하기도 하고, 참 자아라 말하기도 하고, 사랑이나
진리라고 말하기도 하지만 눈으로 볼 수도, 귀로 들을 수도, 피부
로 느낄 수도⋯ 없는 그것입니다.

신과 참 자아와 사랑과 진리를 말하는 순간,
어느 누군가는 반감을 가지기에 반감이 일어나는 것은 그것이 아
닙니다.

그것은 내 안에서⋯ 저 먼 곳 가늠할 수 없는 그곳까지 퍼져있어
서 무한으로 연결되어 있습니다.

당신 안에도 있는 그것은 잠을 자고 있는 듯하지만 깨어 있고, 이
미 고요함에 머물러 있지만 당신이 의식하지 못할 뿐입니다.

지금도⋯
말로, 글로 표현되는 순간 그는 여기 있어도 사라집니다.

63

저는 흘러가고,
당신과 함께 여기 있습니다.

64

그대들의 숨소리. 그 생명의 숨결.

마음과 지성이 오고 가고,

때로는 축복 속에서 어딘지 모를 곳에

감사함과 고마움이 일어나는 그곳이 있음을 알고는 있을 터.

그대들의 겉모습.

말하지 아니하여도….

풍기는 분위기와 몸짓과 손짓,

얼굴의 표정으로 나는 그대들을 있는 그대로 느끼며

감추고 감추는 그대들의 아픈 영혼이 느껴져 사랑의 가슴으로 바라볼 것이네.

숨기고 싶어도 숨겨지지 않는 것들.

숨기고 싶은 마음만 있을 뿐.

결코, 숨겨지지 않는 보이지 않는 그것들의 파장을 고스란히 느끼고

언어의 폭력으로 이어지지 않기를 나는 소망한다네.

따뜻하게 가슴으로 품고,

빛나는 눈빛과 사랑이 담긴 손길로 어루만지며

보이지 않는 그것들을 보이지 않는 그것으로 위로할 것이네.

65

바람이 스쳤고….
감사했어요.

비가 오는 아침
비가 그치고 해가 쨍쨍하게 떠 있는
오후로 접어드는 시간
감사했어요.

혼자 있게 된 시간을 허락한 당신에게 감사해요.

평화로운 안정이 자리를 잡고,
책 한 권을 집어 들어 읽어 보기 전.
당신께 감사함을 먼저 전하기 위해 펜을 들었습니다.

66

이제 괜찮아요.
정말 괜찮아요.

내 여기 있으나 멀리 떠날 준비가 끝났어요.
나를 붙들어 당신들의 이익을 위해 나에게 온갖 유혹으로 홀리는
시간에서 저는 날아올라 더 높고 넓은 곳을 향해 날아다니며 비행
을 할 거예요.

여기 있으나,
여기에 없죠.

함께하고 싶다면 날개를 달아 봐요.

그리고…

균형을 잡고, 매의 눈으로 가야 할 방향을 정확히 봐요.

그리고 나면…

날아다니는 서로의 날갯짓에 퍼지는 자유의 바람을 느낄 수 있죠.

이리 갔다 저리 가고, 올라갔다 내려앉는 서로를 감지하며 함께 살아가게 되겠죠.

아름다워요…

67

우리 모두는 사랑을 어렴풋이 알고 있죠.
사랑이 사랑이 아닌 거란 것도 알고 있죠.
사랑하는 대상이 있고,
이유를 설명하고,
조건이 들어간 말 많은 사랑은 모두…
사랑이 아닌 거란 것도.
그래서 우리는 그런 사랑이라 부르는 곳에서부터 멀어지고 싶기도
하죠.

사랑은…
아무렇지 않아야 하죠.
여기 있는지도 모르게 여기 있어서 삶을 평화롭게 하죠.
가만히 있어도 편안하고,
무언가 가득 찬 느낌으로 충만해 있는 게 사랑이죠.

68

행위를 하는 자.
결과를 내맡기는 자.

잡다한 변명을 늘어놓고,
핑곗거리를 찾아 행위에서 멀어진 자.
결과를 탓하는 자.

결과를 위해 행위를 하는 자.
그 결과에 종속 되어져 자유를 빼앗긴 자.

행위를 하는 자.
결과를 내맡기는 자.
어디에도 속하지 않는 자.

69

용서는
자기 자신을 용서하는 거예요.

어떤 시절 언어나 신체의 폭력으로 자신을 해쳤던 그들을 용서하지 못한 자신을 용서하고,
어떤 시절 자신이 가장 소중히 여겼던 어떤 것들을 훼손시킨 그들을 용서하지 못한 자신을 용서하고,
어떤 시절부터 함께한 이들에게 희생하고 있다는 그 마음에서 벗어나지 못해, 함께하고 있음을 인정하고 있지 못하는 자신을 용서해야 하는 거예요.

자신을 깊이…
진정으로 용서해야 서로에게서 자유로울 수 있어요.

70

세상에 두려운 것은 단 하나.
당신을 잊고,
내 것을 챙기며,
당신께 모든 것을 내맡기지 않는 삶.
이것이 가장 두려운 일입니다.

71

아주 아주 먼 옛날부터 당신과 내게 진 빚이 있어요.
그래서…
당신들께 진 빚을 갚아야 했지요.
그 빚을 갚기 위해 스스로를 재촉하고 서두르면 갚을 수 없고,
빚이 또 생겨버린다는 걸 알고 있었기에 묵묵히 그 빚을 갚아 나가
야만 했죠.

가고자 하는 멀고도 가까웠던 그 길을 향해 가고자…
현실과 이상을 나누며 당신들을 원망했고, 떠났으며, 상처를 주었
어요.
그 상처가 내게 돌아와 내게도 빚이 생겨버렸죠.

당신들께 많은 빚을 지었죠.

마음이 무거웠던 지난날들의 짐들을 하나둘씩 내려놓게 되었고,
더는 나의 삶을 위해 당신들을 붙들고 있어서는 안 된다는 것을
깨닫게 되었죠.

당신들께 진 빚을 갚고 있어요.
앞으로도 제 삶의 여정 또한 그럴 거예요.

다 갚아야죠.
당신과 내게 남겨진 잔여물이 거칠어져 상처를 남기지 않도록 말
이에요.

당신과 내게 진 빚을 갚기 위해 세상에 태어났고,
그 빚을 다 갚고 나면 아마도…
세상에 태어날 이유가 없게 될 거예요.

72

묵묵히 가던 길을 가거라.

길이 사라졌으나 너는 가야 할 길이 있고,

방향이 사라졌으나 너는 한 방향을 향해 가야 한다.

기쁨이나 슬픔 같은 고통이 사라졌으나,
너는 기쁨과 슬픔을 느끼며 살아야 하고,

부를 쌓기 위해 일을 해야 하는 목적이 사라졌으나,
너는 일을 하여 부를 쌓아야만 한다.

너는 나의 뜻이 무엇을 의미하는지 아는 자.

묵묵히 나와 동행해 가던 길 그대로 가거라.

73

껍질을 깨고 스스로 나온 그들은
껍질이 부서져 다시 그 안으로 들어갈 수도 없게 된다.

다만,
깨고 나온 그 과정 안에서 생긴 상처들을 치유할 시간이 조금 필
요할 뿐.
그것들을 깨부수며 그들이 가져지게 된 내재된 힘은 이제.
세상을 향해 펼쳐지게 된다.

아주 자연스럽고,
자유스럽게 말이다.

74

탓하는 게 아니에요.
일어난 현상들…
경험한 것들을 이야기하는 것뿐이에요.

내 그대들과 환경을 탓할 이유가 없어요.
힘겹고 놀란 가슴이 쿵쾅거려
잠시 시간이 필요할 뿐이에요.

살아가는 데 있어서 어찌 아무 일이 일어나지
않을 수 있겠어요.
아무 일 아닌 듯 흘러보내는 지혜가
필요할 뿐인걸요.

환경을 탓하고 누구를 미워하고
원망하고 하지 않아요.
그저 겪은 것들을 이야기하며
수다를 떠는 것뿐이죠.

75

더 깊은 침묵 속으로 들어갔습니다.

언어로 더 미세하게 더 미세하게 쪼개고, 쪼개어 당신을 표현하고
설명하는 이들 앞에서 더 이상 아무 말이 나오지 않아,
말을 마음 안에 묻었고, 다시 나온 나의 말은 그들의 메아리가 되
어 다시 그들에게로 돌아갔습니다.
미세하게 쪼개지고 쪼개진 언어 안에서 당신을 그 어디에서도 찾
아볼 수가 없었고, 그들만이 더 미세하게 드러나기만 할 뿐이었습
니다.

더 깊은 침묵 속으로 들어갔습니다.

홀로 있는 시간.

순간순간 마주한 당신을 스스럼없이 표현하고자 눈을 감고, 글을 쓰고, 눈을 감고, 글을 썼습니다.

글은 나 자신에게 쓴 편지와도 같은 것이었습니다.

더 깊은 침묵 속으로 들어갔습니다.

나의 몸의 움직임이 아름다운 춤이 되고, 나의 손길이 닿는 것이 하나의 작품이 되고, 나의 발이 가는 길이 여행길이 되어,

살아가는 삶.

그 자체가 당신과 나만이 소통할 수 있는 유일한 언어이기를 소망합니다.

더 깊은 침묵 속으로 들어가겠습니다.

76

당신의 눈을 보면 빛이 나.

그 빛이 슬퍼 우는 듯 해.

그 빛나는 눈빛에 담긴 간절함이
머지않아 슬픔을 거두고 반짝이며
세상을 다시 살아가게 할 거야.

당신의 눈을 보면 빛이 가득해.

77

그대 손길이 닿은 곳에서 고품적인 우아한 향기가 나요.
무채색이었던 공간에 그대와 내가 어우러져 색채가 드러나 그대와
나의 색깔로 물들여 놓았어요.

서로가 없는 빈자리에 오래도록 남을 서로의 향기가 우아하고 귀
함으로 남아있을 거예요.

우리는 서로 너무나 귀하고 어여뻐서 세상이 알아볼 수밖에 없죠.

함께하고 있어요.
보이지 않는 서로의 손을 잡고 남은 삶을 이렇게 아름다운 색으로
물들이며 살아요.

우리는 늘 어디에서든 함께예요.

78

맡은 역할이 끝나면 무대에서 내려와 다른 무대를 찾아 떠나야
해요.

지금 이 무대에서의 역할이 끝나가고 있어요.

큰 무대에 오르기도 하고,
긴 시간 동안 맡은 역할을 해야 할 때도 있지만,
작은 무대, 짧은 시간 안에 무대의 막이 내리기도 하죠.

삶의 무대는 시간 시간 바뀌고,
하루 동안에도 여러 번 무대가 바뀌어 어제와 같은 장소에서 새로
운 경험을 하는 자신을 발견하기도 해요.

지금 이 무대에서의 역할이 끝나가고 있어요.

맡은 역할은…
비밀로 남겨진 채….

삶이라는 순간순간의 인생 무대에서,
비밀스러운 역할을 하면서 내려올 준비를 하며 늘 무대에 오르죠.

지금 이 무대에서의 역할이 끝나가고 있어요.

다음 무대에 오를 준비와 함께 바로 이곳에서,
저곳과 다는 역할을 하며 비밀스럽게 매일을 살아가죠.

아주 맑은 의식을 가지고 말이에요.

79

무한 반복되는 삶에서

무한의 공간을 의식하며 산다면

그 의식의 무한한 공간만이 의식되어

반복되는 삶에서 벗어나리라.

80

한결같다는 건
멈춰서 그 자리에 있는 게 아니지.

강물처럼 흐르고 흘러
어디로 가는지 알고 있는 거지.

바다로 먼저 가
그 파도 아래 더 깊은 심해에 다다른 곳.

그곳에서 변함없이
기다리고 기다리는 것이지.

81

전부를 보여드렸습니다.
타인들은 늘 가면을 쓰고, 무대 위에서 만나야 했어요.
이제 의무를 다하기 위해 당신 앞에서도 가면을 써야 하고,
무대 위에 올라서야 하기도 할 테죠.

내 전부를 보여드렸으니.

부디…

가면을 쓰기 전.

무대에 오르기 전의 내 모습을 기억하여 주시길 바랍니다.

변함없이 당신을 사랑하고 있는 내가 있다는 것을요.

무척이나 사랑한답니다.

당신께 처음으로 나의 전부를 보여드렸습니다.

82

온기가 빠져 있었다.

놀랍게 정의된 이론과
열정 가득한, 범상치 않은 경험들.

얼어붙어 움직이지 못할 것만 같았고,
불에 데어 화상을 입을 것만 같았다.

그곳엔
온기가 빠져 있었다.

그 어떤 것도 품을 마음이 없는 곳이었다.

83

너의 눈으로 세상을 바라봤어.

나의 눈으로 보던
너의 눈으로 보던 뭐가 그리 중요하겠어.

너의 눈으로 본 세상이 정말 존재하고 있었어.

이타적인 삶으로 가는 첫걸음이었어.

84

가슴에 별이 되어 반짝이고 속삭여요.

마음은 따뜻해져서 세상을 품고 살고,

이루어진 소망 그대로 살아가는 누군가가
이곳에서 거리를 걷고 있어요.

85

한없는 너그러움을 가지고 살아요.
양팔은 하늘까지 향해 뻗어있죠.

안아줄게요.
어미 품에 안긴 벌거벗은 갓난아기의 숨소리가 들리지 않나요?

두려워 말아요.
겁내지 말아요.

여기…
이곳은 당신은 상상할 수 없는 사랑과 평화로움으로 둘러싸여 있
어요.

안겨요.
한없이 품고 있는 가슴으로 들어와요.

86

아무도 꿈꾸지 않은 꿈.
아무도 가지지 못한 풍요로움.
아무도 느껴보지 못한 만족감.
아무도 하지 못하는 사랑.

아무나 살아도 아무나 살 수 없는….

87

모든 게 조심스러운가요…
한 걸음 다가왔다 두 걸음 멀어지는 소리가 들려요.

잠잠한 듯한 그곳에서 파괴적인 물결의 파도가 쳐
여기까지 밀려들어 오는 듯 해요.
머물고 싶지 않은 그곳에서 스스로 상처를 오히려 내고 있군요.

모든 게 조심스러운가요…
숨기고 싶은 어두운 그림자가 여기까지 길게 드리워져버렸어요.

파도가 치는 것이 보이는 곳.
그림자가 드리워지지 않는 곳.

바로 이곳이라는 것을 알고는 있는지요.

88

당신은 축복 속의 축복입니다.

당신은 이른 아침 나를 깨우는 햇살에서 들려오는 종소리이며,
늦은 저녁 칠흑 같은 어둠으로 데려가 쉬게 하는 어둠 안의 어둠
입니다.

당신은 나를 아름다운 여인의 모습으로 만드는 연인.

당신은 나를 무릎 위에 앉히고, 머리를 쓰다듬는 아버지이며,
바르고, 바른길로 인도하는 스승이십니다.

나는 당신을 그대로 닮아
당신의 모습으로 살아가는 자입니다.

89

누구에게나 똑같이 전달되는 메시지도 물론 중요하지만요….

자신에게 전달한 메시지는 무엇인가…?를
찾는 것이….
아주
매우
엄청 엄청 중요하죠.

90

그들이 즐기는 즐거움이 제게는 즐거움으로 남지 않았습니다.
제가 즐거움을 느끼는 동안 그들은 저의 팔을 당기며 그들의 즐거
움과 함께하자고 부추기며 끝내 저의 즐거움을 빼앗아 갔습니다.

하나… 깨달은 것은.
무형의 것들을 즐기고 있었던 나를 발견한 것이었습니다.

형태가 없는 것들을 느끼고자…

눈부신 햇살.

살결을 스치는 바람.

연인의 목소리에서 느껴지는 애정.

비가 내리는 소리.

책 안에서 느껴지는 작가들의 의도가 아닌 마음.

저의 즐거움은 어디에서나 마주할 수 있는 것들이었습니다.

91

진심이 진실이어야 하기에
언제나 나 자신을 돌아보는 시간을 갖습니다.

부정의 생각들이 들어오고,
왜곡된 모습으로 나의 머릿속에서 상상의 나래를 펼치며,
악마의 속삭임 또한 들려오곤 합니다.

그럴 때면,
언제나 눈을 감습니다.

나의 진심이 흩어져 진실을 보지 못하게 하고,
이쪽과 저쪽의 경계선을 그어 선과 악으로 나누어
진실이 아닌 곳으로 가려 하여 눈을 감습니다.

진심으로 진실이길 바라며…
있는 그대로를
있는 그대로 사랑하며 살고자 하는 것이
저의 진심입니다.

92

편협하고, 천편일률적인 세상의 밖으로 나와
여행을 떠날 준비가 거의 끝나가고 있어.

여행복으로 갈아입었고, 모자도 준비했지.
필요한 몇 가지 준비물을 다 챙겼나 둘러보고 있는 중이야.

여행자가 되어 여기저기 여행하기로 했어.

가다가 만나는 사람들과 이야기도 나누고,
밥도 먹고, 술도 한잔하면서 밤하늘의 별도 보겠지.
그러다 "빠이~"
가볍게 인사를 하고 가던 길을 갈 거야.

목적지가 없는 곳에서 목적지를 향해 가고 있어.
그 목적지는 바로 내가 서 있는 땅이지.

여행을 할 거야.
내 안에 있는 등불이 가리키는 곳.
어디든 갈 수 있어.

나랑 같이 갈래?
네 안에도 있는 등불이 밝혀진다면,
우린 여행을 함께 떠날 수 있어.

음…
등불은 말이야….
한곳만을 가리키고 있거든.

93

계속 이곳으로 오라고 손짓을 했다.

신호를 보내고….

딴짓을 하며, 알아차리기를 바랐다.

무모한 듯하지만….

훗날.

많은 것이 변화되었다는 것을 깨우치게 될 것이다.

다음 단계로 가는 문이 열렸다.

94

어떠한 날을 위해 매일을 준비시키고,

매일 준비하며 살아가는 누군가를 위해
어떠한 날을 선물처럼 선사한다.

그 어떤 날은,
참을 수 없는 아픔을 겪어내야 하는 날일 수도 있고,
감사하고, 감사하고, 감사한 그 무엇의 날일 수도 있다.

95

내 안에서 잠재우는 모든 편견.
입 밖으로…
자신만의 생각을 드러내지 않으며,
마음을 기꺼이 내주는 결단을 내리고,
입을 열기 전 자신 안에서 고요히 머무는 소리를 먼저 듣고,

다시 듣는 행위.

96

정말 믿는다면
아무것도 주장할 수 없다.

97

미지의 어떤 세계

이곳에서 미지의 어떤 세계를 의식했고,
그 의식이 이곳으로 데려왔다.

이곳에서 미지의 어떤 세계를 재창조하는 일은
사랑이라는 이름으로 만들어 낸 결과물이 될 것이다.

사랑의 손길이 없는 창조물은
생명력이 없어서 어울리지 않으니까….

98

이미 가지고 있던 그것을
당신들이 빼앗으려 했지만, 결코 굴하지 않았어.
더 빼앗고, 더 빼앗아 가더라.
다 빼앗아 갔어도,
이미 가지고 있던 그것은 결국 어떻게 해서도 빼앗을 수가 없었지.

하나만 남았어.

빼앗으려 했던 당신들의

시기, 질투, 욕심과

그 하나를 위해 다 빼앗겨도 괜찮았던 모든 날은 감사한 날로 기억

돼버렸지.

그러니, 그 무엇을 원망하겠어.

기적 같은 일이 벌어졌잖아.

99

그대가 창조한 세상은 어디쯤 왔나요…

저의 세상은 아직 정상에 오르지 못하고,
올라가는 그 길에서 그대를 만나 잠시 숨을 고르고 있는 중입니다.
그대와 함께 갈 정상까지 오르는 고비고비를 거쳐,
정상에서 내려와 그대와 함께 어디로 가야 하는지 알기에
그대를 만난 그 순간부터 다시 준비해야 했어요.

지금 그대가 창조한 세상은 어디쯤 왔을까요?

그대의 세상 어디쯤에 제 모습이 희미하게 보여집니다.
아직 정상에 오르지 못하고,
그대를 만나 잠시 쉬고 있는 저의 모습이요.

100

천박해 보이는 사치의 향수를 뿌리고

너는 기도한다.

더 주세요, 더 주세요, 더 주세요.

더 주시길 간절히 기도합니다.

기도는 응답 되어진다.

천박함과 사치품으로….

너는 말한다.

믿는 자의 특권처럼 천박함과 사치품을 누리기 위해
함께 기도하자고.

101

희생에 관한 생각.

모두를 바치는 가여웠던 영혼.

또다시 상처로 남는 사랑이 될까.

그러나,

겁나지도, 두렵지도 않은.

자신 안에 강한 의지와 믿음이 피어올라

어떠한 상황이 와도

자신을 희생해도

희생당하지 않는.

고귀한 영혼

존귀한 영혼

어떠한 결정.

어떠한 버림받음.

이기적인 목적으로 나를 흔들어 놓고,

고통을 준다 한들…

이 고귀하고, 존귀한 영혼이 아파해 변할 수 있을까.

나의 친구.

나의 사랑.

나만의 연인.

나의 스승.

나의 아버지이자 어머니.

나를 끌어안고, 무한히도 위로하고, 채우고,

비워낸 그곳에 당신의 형언할 수 없는 사랑이.

유한한 것을 무력하게 만드는 위대하고, 위대한…

나는 다치지 않고,

죽지도 않고,

슬프지도… 괴롭지도…

기쁨도, 희망 자체도 필요 없는 완전한 영혼을 가진 자.

102

세상의 흐름을 이해했는데도 불구하고,

당신은 어디로 가고 있는지…

그 흐름은.

잘 이해하고 살아가고 있는지.

103

도움의 손길을 뻗고 있는 제게
당신은 저의 손을 잡지 말아 주세요.

제발 부탁입니다.

당신은 제게 아무런 도움이 되질 않으니
저의 손을 잡고 도우려 하지 말아 주세요.

104

나의 눈동자는
모든 생명의 에너지.
태양을 담고.

나의 입술은
천리만리 퍼지는
향기로운 꽃 한 송이 물었다.

나의 마음은…

사랑을 채우는 고행의 길을 택하여
아침저녁으로 더러워진 마음을 씻어낸다.

105

유혹에 빠진 너의 손을 잡고, 너를 보았다.
슬픔과 욕망과 애절함과 간절함이 뒤엉켜
갈피를 못 잡고 있는 너를 차마 볼 수가 없어
고개를 돌려 손만을 잡고.
끌고 가듯 뒤도 돌아보지 않았다.

너를 볼 용기가 나질 않았다.

유혹에서 다 빠져나왔을까….
너의 손을 이제 놓아도 되는 걸까….

다시 너와 마주할 용기가 필요했다.

106

그대와 함께라면 아무것도 두렵지 않습니다.

진부한가요?

이것이 진실이라면 붙잡지 않을 이유가 없죠.

진실을 보지 못하는 그대가 안타까울 뿐입니다.

107

무슨 말이 필요하겠어요.

무슨 설명이 필요하겠어요.

같은 공간에 함께하고 있는 우리를 갈라놓는 언어를 버리고,
그저 함께하는 우리가 있다는 건
언제나 기적과도 같으니···.

그 기적을 어디서나 느끼고 싶을 뿐인걸요.

108

돌아가 당신들께 나누어 드릴 거예요.

그러기 위해 이 모든 행위를 하지 않음과,
이 모든 행위를 하고 있음을 하고 있으니까요.

돌아가 당신들과 사랑을 나누며 살아야죠.

침묵은 함께하기 위한 의식의 확장을 의미합니다.
그 의식의 확장 안에 당신들이 들어와 함께하고 있었고,
만나면 팔 벌려 꼭 끌어안고, 당신들이 원하는 모습의 사랑으로 발
현이 될 거예요.

돌아가 당신들께 사랑을….

109

조심해.

언제든 미궁으로 빠질 수 있어.

끊임없이 끊임없이….

하던 것들을 꾸준히 하고 또 하고 또 해야 해.

조심해.

다시 미궁으로 빠져든다면 몇만 배로…

자만스러운 모습을 띠며 아주 오랫동안 고통스럽게 답을 찾아 허

공을 떠돌아다닐 수 있어.

자만은 너를 붙들고, 마치 네가 자만인 것처럼 속여서
네가 붙들고 안 놔줄 테니까.

네가 안 세상은…
언제나…
제자리야.

110

다 알아요.
전부. 모두 알아요.
그러니…
그대가 원하는 대로.

아무것도 강요하지 않아요.

의심하지 말아요.
의심하지 말아요.

어디서부터 비롯되어
왜 여기서 그리하고 있는지.
다. 전부. 모두 알고 있습니다.

111

그대는 이곳에서 어떤 이름으로 명명되고 있나요.

이곳은 상대적이며 또 절대적인 그 무엇을 논하고 있으나
논쟁이 끝나지 않는 자기들만의 영역에서 그대를 추앙하고 있습니
다.

그대가 알려준 그 단순한 문구 하나를 어찌하여 그리도 복잡하게
해석하고,
또. 심오하고 깊은 의미가 있는 것들은 오히려 단순화하여 결론만
을 내리는 걸까요.

그대의 이름은 이름뿐인 허울로 남아 뜻이 뜻으로 남지 않고,
그대를 명명하여 이름만을 가지고 싸우는 듯합니다.

추앙하는 그대는 어디에 있나요….

112

아픔을 느끼게 된 이유보다는 아픔이
슬픔을 느끼게 된 이유보다는 슬픔이
그대로 느껴져서 그대로 이유 없이 사랑을 했고.

사랑하는 이유보다는 사랑이
따뜻해지는 이유보다는 따뜻함이
그대로 남길 바라여 아무것도 하지 않았다.

삶에서 느껴지는 모든 것은 이유가 없었다.

앞으로도…
모든 날은 이유가 없고,
느끼는 그대로
느끼는 그대로

눈물도, 미소도, 환한 웃음과
때로 격한 몸짓과 화냄으로….

113

냉정함이라는 것은
어떠한 것도 비난하고, 판단하지 않는 마음.

냉정함은
사랑의 가장 밑바닥에 깔려 있는 마음.

냉정함이 없는 사랑은
언제 무너질지 모르는 모래성과 같은 마음.

114

너무나도 보잘것없고, 하찮음이.

눈부시게 빛나는 아름다움과 위대함을 지닌
당신을 지극히 사모하여.

당신과 같은 모습으로 변해버렸습니다.

115

누군가를 위한 것도
나 자신을 위한 것도
인류의 평화나 안전을 위한 것도 아닙니다.

그래야 하기 때문에 그리하며 살아가고 있는 것뿐입니다.

사랑을 해야 한다면 사랑을 하고,
이별을 해야 한다면 이별을 하고,
감사해야 한다면 감사해야 하고,
냉정해져야 한다면 냉정하게 마음을 쓰고 있는 겁니다.

무엇을 위해 한다는 것은
에고를 불러일으키고 맙니다.

무언가를 위함이 무언가를 탓하는 방향으로 간다는 것을 아는 이
들은
모든 것을 있는 그대로 받아들이며 살아갈 수밖에 없게 됩니다.

116

언제나 승리자.
패배하여도 기뻐하며 무릎을 꿇고,
영광의 트로피를 건네며 파티를 열어
축배의 잔을 부딪치는 당신은
언제나 승리자.

117

홀로일 때는 언제나 평온합니다.
잔잔한 호수의 물결조차 보이지 않는 적막한 듯한 홀로인 이곳은
온전하게 평온의 기온만이 흘러갑니다.

거칠고 날이 서 있는 그대들의 삶에 섞여 잠시 흔들리다 중심을
잡고,
세상 한가운데로 돌아오고.
내면의 소리.
그 소리조차 들리지 않는 곳까지 찾아 들어가 홀로임을 자처하고
평온을 유지합니다.

삶을 사는 이유.

평온을 유지하는 긴 시간을 스스로에게 허락하는 것.

이것으로 세상 필요한 모든 것은 평온 안으로 들어오고자

저에게 자석처럼 붙어 함께 살아가고 있습니다.

변하지 않는 법칙이 되어 평온 안에 머물며 바깥세상을 바라봅
니다.

118

그대는 내게 기쁨과 환희.
어둠에 가려진 무지의 커튼이 열리고,
니 는 그대가 되었습니다.

그대는 나를 위해
나를 위한 시간과 세월 안에,
벌어지는 모든 현상에 나를 내던지고….
나를 도와 시간을 초월하며 살아가게 할 것을 약속했으며,
끝내 죽음을 선물할 것입니다.

그 죽음의 끝은
영원한 그 무엇의 영원.

영원으로 초대한 그대에게 나를 바쳐
그리로 가는 나는 그대가 되었습니다.

119

삐그덕 소리가 오래전부터 들렸었다.
소리를 외면하며 애써 모른척하고, 해야 할 일들을 하며 마주해야
할 때는 불편함을 감수하고 마주해야 했다.
분명한 이유에서….
책임을 필요로 하는 현실의 문제 때문이었다.

오래전부터 들렸던 그 소리가 뚝! 끊기길…
부러져버린 낡은 관계.
관계가 끊어졌다.

삐그덕거렸던 소리를 애써 외면했던 지난날들은 분명한 이유가 있었음에도, 회피만을 했던 누군가는 원망 속에 또 한 번 회피하며, 이유도 모른 채 스스로 피해자가 되어 분노하며 살아가겠지.

또 도망갔다.
잡지 않기로 했다.
돌아오지 못할 것이다.

120

달빛으로 가득한 나의 두 눈에 들리는 너의 목소리가 아름다워.
등 뒤에서 들리는 조잘거림에 빛나는 눈동자는 고개를 돌려 너를
보게 하고,
미소를 머금게 한다.

네가 쓰는 언어와 손가락 하나하나의 움직임까지 감지되는 나는
너의 전부를 고스란히 느끼며, 사랑이 가득 담긴 달빛의 눈으로
매일을 마주하고.
그와 함께 자라나는 네 가슴의 따스함이 눈빛에 담겨진다.

나의 눈동자에 가득한 달빛의 사랑과,

너의 가슴에 꽉 들어찬 따스함이 어느새 조화를 이루고,

너와 나는 점점 더 아름다운 선율이 되어 우리들만의 장르를 만들고,

아무도 들을 수 없는 음악이 되어 아무도 모르게 스며들고, 스며들어…

서로의 삶을 터치하는 것은 선율이 깨져 소음을 만든다는 것을 자연스럽게 깨닫고….

함께 함께 함께

각자…

살아간다.

121

포개어 하나로 만들어,
내 가는 곳으로 그대의 눈을 가리고
안내하고 싶었습니다.

그대가 바라보는 그것들의 변화가
상처로 범벅되어 극도로 아파하는 모습이 떠올라
눈이라도 가리고 나와 한 몸으로 만들어
잠시라도 나의 길로 안내하고 싶었어요.

그대가 느끼는 삶 속에서의 의문과 무력감…. 배신감들이.
나와 한 몸이 되어 의문이 풀리고,
무력감에서 벗어나 잠시라도 사랑으로 살아가기를….

나를 안고,

모든 걸 쏟아내길 바랐죠.

그리고.

떠나는 뒷모습이 그려졌어요.

행복한 미소를 띠며 떠나는 그대의 마지막 모습.

122

아득한 꿈의 나라
네가 나를 멀리하여도 가야 하는 곳
오늘 나는 그곳으로 가서 위로받고 싶어
너를 잊어야 하는 밤

123

정상을 향해 잠시 쉬었던 곳에서
쉼을 마무리하고 오르려 합니다.

사랑하는 이여.
내 모든 걸 쏟아 너에게 줄 것이니
정상으로 오르는 길에 나의 손을 놓지 말기를….

한치의 머뭇거림도 없이 모든 걸 주고
빈손으로 내려와 영원한 사랑으로 가리라.

124

어미는…
어미는…

너희들의 비상을 위해 날갯짓을 하는 너희의 날개에
손을 대지 않으마.

비상하는 이 어미의 날갯짓을 부러워 마라.

쓰러지고 넘어지는 너희의 삶은 너희들의 것.

비상하는 그날.

너희는 나를 잊고 멀리멀리…

그날이 온다.

125

말을 말로 들어 말문이 막히여.
언어를 선택하는 것을 잠시 내려놓으려 합니다.

움직임이 일어나지 않는 이곳에서 서서히 움직여
말했던 것들이 모습을 드러나게 하기 위한 움직임을 일으키고자.

지금껏 말해왔던 것들을 행동하여
스스로에게 한 약속을 지키려 해요.

변한 것 같지만 변하지 않았고,
행동으로 옮기는 모습들이 단지 낯설 뿐.

천천히 가기로 했습니다.
이곳에선 가면을 쓰지 않은 나를
가면 쓴 이로 착각하니 가면을 써야 하죠.

가기로 했습니다.
가면을 쓰고.

126

유난히도 깊은 새벽 밤이 많은 긴 겨울을 보내는 듯하다.
울긋불긋 메마른 가을 지나 겨울.
매서운 추위에 떨며 보냈던 긴 밤은
그럼에도 불구하고, 고요하고 따뜻했다.

봄이 오는 소리.
꿈틀대는 지면 아래 무언가가 땅을 뚫고 나오려는 소리.

파릇파릇 새싹을 피우고
열매를 맺는 여름 지나
세싱의 마지막을 준비하는 가을 지나
또 겨울이 오겠지.

그때쯤이면 내 나이도 늙어
겨울처럼 계절의 마지막을 보내겠지.

곧 올 봄맞이 청소를 해야겠다.

127

행복하기 위한 미래의 어떤 날을 꿈꾸며 살지 않고,
부와 명예를 위해 오늘의 나를 희생하지 않는다.

오늘….
웃음이 나오면 웃고,
눈물이 나오면 울고,
주어진 일이 생기면 주어진 일을 하고,
슬프면 슬픈 대로, 기쁘면 기쁜 대로.

그 무엇을 위하여 살지 않고,
오늘의 나를 사랑하며 산다.

그 어떤 일이 생기고 벌어져도
나는 나를 사랑한다.

128

나의 의무는
쫓기는 이들의 피난처
상처 입은 자들의 안식처
일상에 지친 이들의 쉼터

그리고…
삶을 하나의 작품으로 완성하고
미련 없이 떠나야 하는 것.

129

깊게 뿌리를 내린 갈대 하나가
이리 흔들리고 저리 흔들린다.
그 어떤 것도 포기할 수 없는…:
모든 사안을 한쪽은 이곳에,
또 한쪽은 저곳으로 나누어 슬픈 표정을 짓고 있다.

드넓은 대지 위에 내린 자신의 뿌리를 인식하지 못한 채
늘 나누어 슬프고…:
흔들리는 자신을 보는 것조차 힘에 겹다.

삶이 늘 그랬다.
이곳을 선택해도 저곳이 신경 쓰여
저곳으로 갔다 이곳으로 다시 온다.

갈대 하나가 그리도 슬피 운다.

130

여기.
함께하는 공간 속의 분위기들은
긍정도 부정도, 행복도 불행도 없이
고요 속에 흡수되길 바라어….
감정에 흔들리고, 이성에 마비되는 곳에서 멀어져….

그 어디에도 속하여 있지 않은.
어둠 안의 빛으로 초대하고,
빛으로부터 나온 어둠 안으로 들어가
고요 속에 하나가 되기를….

131

보았다.
내면에 채워지지 않는 빈자리를.
스스로 채우지 못하여 외로워 보였다.

어른이나 아이나….

채워도 채워도 채워지지 않는 빈자리를
스스로 채우지 못했다.

고요함을 못 견디는 그들은
늘 내면을 채우지 못해 근사한 물질들로 자신의 외로움을 가리고,
들키고 싶지 않아 혼자서 외로움을 견딘다.

132

정해진 답을 내놓아야 한다면
여전히 백지를 제출할 것이며 바보로 남겠다.

이해했다.
그것으로 모든 지식은 가슴에 저장이 되어있으니
문제를 내지 말라.

문제를 내는 네가 바보로 남을 것이다.

133

치열하게 자기 자신과의 싸움만을 고집했던 누군가에게…

해와 달과,
공간, 스치는 바람으로의 자유와
빛과 어둠,
사랑이라는 이름으로 불리는 아름다운 영혼이 응답하여…
한없는 자비로움이.

자신을 죽이는 방법을 알게 하였고,
죽어가는 자신을 바라보게 하였다.

그리고…
다시 살아갈 준비를 시켰다.

134

영향을 받지 않는 자라.

살아가는 데 있어….
사랑하는 데 있어….

영향을 받지 않는 자라.

보호하며 감싸는 자라.

135

당신이 아는 줄 알았어요.
이론을 처음부터 끝까지….
공부하고, 공부하고, 공부해서 알아낸 거군요.

당신이 직접 경험한 줄 알았어요.
그게 아니었군요.

하지만 놀라워요.
당신이 쓴 글을 보고
이론을 확립할 수 있었거든요.

136

기억하라. 기억하라. 기억하라.

부귀영화가 주어진들 네가 변할까.
길거리에 나앉게 된다 한들 네가 변할까.

나와 분리되어 너를 떠올리는 순간
어디든
멈춰서서…

나를 기억하라.

137

타인을 사랑하는 일은
자신을 사랑하는 일이며,

자신을 사랑하는 일은
타인을 사랑하는 일입니다.

138

변화를 일으키는 길 따라가는 영혼이 있어요.

살아왔던 흔적을 되돌려 보고,
지금 머물고 있는 곳을 오롯하게 바라보니
변화무쌍하여 변화를 일으켰고, 변화하고 있어요.

휘몰아쳐야만 완전한 변화를 경험하기에
그전에도 지금도 앞으로도.
이러한 변화는 계속됩니다.

그것은 언제나 긍정의 에너지로 가득하죠.

이 영혼은 휘몰아치는 그들의 변화에 믿을 수 있는 친구로 동참
하죠.

안정과 평온, 고요함을 가지고 그들이 두렵고 겁나고 의심으로 가
득 찰 때.
부정의 에너지를 걷어낼 수 있도록 두 팔 벌려 안아주는 아름다운
영혼이죠.

그들이 한 발짝 더 나아가 자신을 진정으로 사랑하며 살기를 바라
는 영혼.

이 영혼은 앞으로도 자신을 버리고
변화무쌍한 삶으로 뛰어들어 살아갈 거에요.

139

아무도 꾸지 않는 꿈.

그 꿈은…

일과 사랑, 즐거움이 하나요.
보이는 것과 보이지 않는 것이 하나요.
머문 곳과 머물지 않은 곳이 한 곳이요.
남자와 여자의 몸이 한 몸이라.

서서히…
나의 꿈은.
이곳에서 창조되고, 발현되어 현실로 이루어지고.
스스로 증명하며 원하는 이상의 삶을 실현시키고.

증명된 그것의 존재를

나의 삶을 통해 헌신하여 바치는….

그런 꿈.

140

세상에 홀로 일어서다.

일어서고, 일어서다.

홀로인 그와

어디서나 함께 홀로… 일어서다.

141

어?

열었구나?

애써 닫고 있던 마음의 문을 열고 나왔어.

네 마음에 숨어있던 작고 귀여운 어린아이.

반가워~

순수한 마음을 가지고 함박웃음을 짓고 있어.

이제….

신나게 놀아야 해.

삶이라는 놀이터에서 순수하고 맑은 영혼을 가지고
어린아이처럼 너는 신나게 놀아야 해.
놀다가 문득 불안해지면
고개를 돌려 너를 지키고 항상 바라보며 손을 흔들고 있는 나에게
너도 손을 흔드는 거야.

그리고···.

또 신나게 노는 거지.
맑고, 순수하게. 함박웃음을 지으면서 말이야.

삶이라는 놀이터는
순수함이 없으면 결코 즐길 수가 없게 되어있단다.

너의 눈이 참 이쁘다.

142

사랑은 변하지 않아.

환경이 달라지고, 세월이 흘렀을 뿐.

사랑이 뭔지 잘 몰라서
사랑 아닌 사랑을 사랑이라 여겼을 거야.

사랑은 원래 변하지 않아.

143

언어를 완전히 잃어버린 어느 날부터…

다시,

언어를 쓰고,
읽고,
말하기 시작했다.

144

마음에 혼란을 주는 것들은
그것이 무엇이 되었든 걷어내려 합니다.

결정하고 선택해 나아가야 해요.

잠시 쉬는 동안,
과거를 돌아보았고,
현재에 머물며 미래를 예측했어요.

혼란스러운 이곳에서
모든 선택의 결정을 따라 나 자신을 믿으며 나아가야 합니다.

더는 혼란한 마음을 허락하지 않기로 했어요.

145

그것을 설명하는 너는
그것을 알지 못하며,

그것을 설명하지 못하는 너는
그것을 아는 자.

그것이 무엇이 되었든!
입 밖으로 나오는 순간
자기주장만을 펼치게 되어
아무것도 모르는 자가 돼버린다.

146

여인아…
동굴 속의 성자라 한들,
속세 속에 욕망덩어리로 살아가는 자라 한들.
그들의 진심을 어찌 알겠느냐.

겉으로 표현되고, 드러나고 나타난 세상 어떤 것이든
너는 그것들을 헤아릴 수 있지 않은가.

여인아…
너를 보아라.
너는 나를 만나 어찌 살아가고 있는지.
너의 모습을 보아라.

아무도 모른다.
아무도 모른다.

147

춥고 어두운 어느 겨울날.

사랑 하나가 태어났다.

오직 하나의 욕망으로 생명을 얻고 태어났다.

사랑.

그 하나의 실현만을 위하여….

148

정화하고, 정화하고, 정화하고.

나를 만나고, 나를 만나고, 나를 만나고.

하나가 되고, 하나가 되고, 하나가 되고.

아무것도 남기지 않도록

매일을…

149

나는 당신을 바라보고,

그런 나를 바라보는 그는 어디에 있을까요.

여기서 나를 보고 있는 내가 그가 되어
서로를 바라보고 있네요.

150

도움이 되지 않는 것들은
그것이 무엇이 되었든 저절로 떨어져 나가고,
비워진 그곳에 도움이 되는 무엇들이
저절로 채워지는 마법 같은 경험들이.

매일.
한주, 한주.
일 년 365일.
쌓여가고 있어요.

비워지고 채워지는….

151

알지 못하는 이들에겐 두려운 소리

무지한 이들에겐 우스운 소리

두려움과 비웃음이 소리를 듣지 못하게 하여
알지 못하고.

알지 못해 두렵고
알지 못해 비웃고

알지 못해 떠나보내고….

152

믿지 않습니다.
아무것도
그 무엇도
그 누구도

다 알고 있기 때문이에요.
나를 알고
타인을 알고
가족과 사회
나라와 세계 모두의 본질.

그것을 알아버려서
사랑할 뿐입니다.

나를 포함한 모두를….

153

왜…

한없는 자비.
끝없는 용서.
무한한 사랑.
을…

판단하고, 분석하고, 설명하려 할까요.

스스로 한계를 만들어 넘어서려는 그곳과 맞닿으면
두려움이 먼저 밀려옵니다.
그래서.
언제나 알려고 하지 않고, 의심하기 시작하죠.

그것은 또 다른 경계를 만들고,
언어로 무장한 자기 경험의 한계만을 드러나게 할 뿐이에요.

자신의 한계를 언어로 무장하게 돼버리는 거죠.

154

괜찮아요.
별거 아니에요.

누구에게나 감추고 싶은 비밀 같은 이야기들이 있으니까요.

다 괜찮아.
그러니 웃어요.

그대는 해맑게 웃어야 해요.

155

몰아쳤던 폭풍이 잠잠해지고,
혼자 덩그러니 남았다.
휩쓸려 날아갈까, 안간힘을 써서 그런가
몸과 마음이 지치고, 조금은 야위었다.

주위를 둘러보니…
아무도 없다. 아무것도 없다.

그대의 것으로 채우기 위한 비워냄은 쉽지 않은 일이었다.
그대가 약속한 승리의 기쁨을 맞이하기 위해 싸우고, 또 싸우고.

멀리서 누군가 형태를 갖추고 이곳으로 오고 있다.

아직 희미하게 보이지만 다가오고 있는 그와 함께 그대의 것으로 채워야 한다.

눈부신 표현으로 나타날 작품들이 기다리고 있다.

나를 향해 먼저 손을 내미는 자.
그와 함께하겠다.

156

중심 잡기
중앙으로, 중앙으로

몸과 마음
삶과 죽음
이상과 현실
이성과 감성
안과 밖
하늘과 땅
너와 나
남자와 여자
위아래. 앞뒤. 좌우.
....

여기서 또 쪼개서 중앙. 또 그 안에서의 중심.

절제와 분별, 판단 없이 받아들임, 스스로에게 끊임없이 질문하는
것으로….

흔들리지 않는 곳.
자유가 만개해 풍요로운 만족과,
완전함으로 모든 점, 선이 사라진 곳.

157

예의를 갖추어라.

너와 함께한 이들에게
예의를 갖추고 맞이하라.

그들이 너를 돕고
너의 품 안에서 쉼을 얻으리니…

예의를 갖추고 그들을 맞이하라.

158

그대는 떠났다.
그토록 지키고 싶었던 것들을
옳지 못한 방법으로 지키려 했기에
옳지 못한 방법으로 떠나야 했다.

그대의 선택은
다시 누군가에게 시작의 선택이 되었고,
그 시작은 어느 성경 구절처럼 창대한 끝을 향해 가는 출발점이
되었다.

그대의 떠남.
그대의 선택.

옳지 못한 듯 하나
옳았다.

159

기다리지 않기로 했습니다.

맞이할 준비!
를 하기로 했어요.

안정된 마음과 믿음을 가지고
더는 기다리지 않기로 했습니다.

영원한 사랑으로 함께 가야 합니다.

160

시작을 알리기 위해 글을 썼습니다.
이 시작의 소리가 너무도 고요. 강력. 완전. 웅장하여
움직일 수가 없었습니다.
한 걸음 내딛기조차 조심스러웠죠.

들어야 했고,
가만히…
전부를 고스란히 느껴야 했고,
살아도 사는 게 아닌 듯.
명확한 의미가 있으나 그렇지 않은 듯.
알면서도 모르는 듯.
알쏭달쏭한 모습으로 있어야만 했습니다.

그렇게 2년이라는 시간이 흘러갔습니다.

시작과 함께하여야 하는 이들.
시작과 함께 떠나야 하는 이들.

글을 썼습니다.

그리고, 이제….
이 글조차 내려놓아야 할 때가 왔습니다.
움직임이 일어나기 시작했기 때문이죠.

둘만의 대화.
내 모든 움직임.
삶 자체가 둘만의 유일한 언어.
전부를 바치는….